철학과 지혜가 있는 이야기 책!

# 어린이 유머

역은이 우 옹

**2**

인기 있는 어린이가
되려면 꼭 읽어야 돼!

100점

하하하, 나
백점 맞았다!

지식서관

# 머 리 말

우옹 선생님은 1965년부터 부산의 모 공업 고등 학교 화학 과목 교사로서 30년 이상 교편을 잡으셨던 분이다.

이 책 내용의 대부분은 40년 전부터 우옹 선생님이 손수 프린트를 하여 10여 권의 작은 책으로 만들어 고등학교 때 담임을 맡았던 애제자에게 보내 준 것이다.

원고를 출판사에 보내준 애제자는 본사의 편집자와 고등 학교 동창생인데, 그 중에서 어린이들의 정서에 맞는 내용을 골라서, 자라나는 어린이들에게 유익한 책으로 만들어 보자는 취지로 '철학과 지혜가 있는 이야기 책《어린이 유머》'를 만들게 되었다.

따라서 이 책에는 웃음을 자아내는 유머도 있지만, 선생님이 제자에게 알려 주려고 하는 메시지인 유익한 철학적인 내용도 다수 들어 있다.

모쪼록 잘 읽고 이해하여, 이 사회가 필요로 하는 훌륭한 사람이 되기를 기원한다.

# 차 례

철학과 지혜가 있는 이야기 책!

# 어린이 유머

## 2

엮은이 우 옹

# 1000억짜리 강의

사업상 큰 성공을 거둔 재벌이 대학생들을 상대로 강의를 하고 있었다.

그는 칠판에 '1,000억!'이라고 쓰고 말을 시작하였다.

"에…, 친애하는 학생 제군들, 정말 반갑습니다. 저는 재산이 천억 원을 넘을 것입니다. 여러분, 제가 부럽습니까?"

"네~!"

학생들의 함성이 울렸다.

"그럼 지금부터 이런 성공을 거두려면 어떻게 해야 하는지에 대한 강의를 시작하겠습니다. 1,000억 중에 첫 번째 0은 명예입니다. 두 번째 0은 지위, 세 번째 0은 돈입니다. 이것들은 인생에 있어서 매우 필요한 것입니다."

　학생들은 고개를 끄덕였다.

　"그러면 앞에 있는 1에 대하여 설명하겠습니다. 1은 건강과 가족입니다. 여러분, 만일 1을 지우면 1,000억은 어떻게 될까요? 바로 0원이

되어 버립니다. 인생에서 명예, 지위, 돈도 중
요하지만 아무리 그것을 많이 가지고 있다고
하더라도 건강과 가족이 없다면 바로 실패한
인생이 되어 버리는 것입니다."

　학생들은 그제야 진정한 성공의 의미가 무
엇인지 알겠다는 듯 고개를 끄덕였다.

# 여우의 잔꾀

호랑이가 어느 날 여우를 한 마리 잡았다. 호랑이에게 잡힌 여우는 꼼짝없이 죽게 될 판이었다.

호랑이는 여우를 어떻게 요리해 먹을 것인가 생각하며 여우를 살펴보았다.

여우는 목숨이 오락가락 하는 순간에 아이디어를 짜내기 위해 생각했다.

'아, 어떻게 해서 이 위기를 벗어나지?'

여우는 축 늘어져 있던 꼬리를 꼿꼿이 치켜

세우고는 당당하게 호랑이를 똑바로 쳐다보고
말했다.

"호랑이님, 나를 잡아먹으면 안 돼요. 나는
하나님으로부터 모든 짐승의 어른이 되라는 명
령을 받았습니다. 이런 나를 잡아먹으면 당장
큰 벌을 받게 됩니다."

호랑이는 코웃음을 치며 말했다.

"네 이놈 여우야, 잔꾀를 부리려고 해? 당장
잡아먹어 버리겠다."

그러나 여우는 당당하게 여유를 부렸다.

  "내 말이 거짓말인지 참말인지 확인해 보고
싶으면 내 뒤를 한번 따라와 보십시오. 그러면
분명 내 말이 맞다는 것을 알게 될 것입니다."

  호랑이는 너무나 당당한 여우의 말에 혹시
나 하고 시험삼아 여우의 뒤를 따라가 보았다.
그랬더니 정말 모든 동물들이 여우를 보고 고
개를 숙이고 길을 비켜 주는 것이 아닌가?

  '여우의 말이 거짓이 아니었구나.'

호랑이는 여우의 말을 믿게 되었다. 그리고
말했다.

  "여우님, 죄송합니다. 안녕히 가십시오."

  그러나, 사실 동물들이 고개 숙인 것은 여우
의 뒤를 따라오는 호랑이 때문이었다.

# 신입사원의 대답

아침 회의 시간에 영업 부장이 판매 실적이 너무 저조하다면서 영업부 직원들을 호되게 나무라고 있었다.

"난 여러분들이 대는 핑계에 이제 신물이 나요. 여러분들이 제대로 실적을 올릴 수 없다면 여러분 전원을 해고시키고 다른 영업 사원들을 데려올 수밖에 없어요. 우리 회사의 훌륭한 상품을 팔 수 있는 기회를 준다면 많은 사람들이 머리를 싸매고 덤벼들 겁니다."

그러고 나서 영업 부장은 최근에 새로 입사한 축구선수 출신 영업 사원에게 물었다.

　"축구팀이 계속 지기만 하면 어떻게 합니까? 선수들을 갈아치우겠죠?"

　그러자 축구 선수 출신 신입 사원이 이렇게 대답했다.

　"선수 개개인한테 문제가 있으면 그 선수를 갈아치웁니다. 그러나 팀 전체에 문제가 있을 땐 대개 감독을 갈아치웁니다!"

# 명추리 (名推理)

파리의 택시 운전 기사가 신사를 공항에서 호텔까지 태워 주었다. 신사가 팁을 건네 주자 운전 기사가 말했다.

"감사합니다, 도일씨."

깜짝 놀란 셜록 홈즈의 작가 코난 도일이 물었다.

"아니, 어떻게 내 이름을 알았어요?"

운전 기사는 빙긋 웃으며 대답했다.

"별것 아닙니다. 우선 당신이 파리로 올 것

이라는 신문 기사를 읽었고, 척 보면 당신은 영국인이며, 머리 모양은 영국에서 자른 것 같아서 그래서 알게 된 것이지요."

"아, 대단한 추리력이군요. 그 외에 다른 증거는 없나요?"

운전 기사가 조금 주저하다가 말을 했다.

"물론 있지요. 가방에 이름이 씌어져 있었습니다."

# 톨스토이의 금욕주의

말년의 톨스토이는 인간의 욕망에 환멸을 느껴서, 철저한 금욕주의(禁慾主義)를 주장하게 되었다.

그러던 어느 날 어떤 이가 걱정한 나머지 말을 건넸다.

"그렇게 모두가 금욕을 하면 인류가 멸종해 버리지 않을까요?"

그러자 톨스토이는 조금도 흔들리지 않고 말했다.

"아니, 걱정할 것 없어. 금욕을 실천할 수 있는 자는 거의 없으니까."

　젊을 때 톨스토이는 상당히 정력적인 사람으로 방탕한 생활을 했지만 만년(晩年)의 톨스토이는 작가보다도 종교적인 문제에 몰두하였다.

　자신의 출판물에 대한 저작권마저도 포기했는데 이 문제로 부인과의 사이가 극도록 악화되었다.

부인 몰래 집에서 빠져 나와 방황하다가 시골 역의 역장 방에서 생을 마감하였다.

자신은 젊은 시절을 방탕한 생활로 보내 놓고 늙어서 갑자기 '금욕(禁慾)'을 주장하고 나서니 비방하는 자도 있었지만, 톨스토이는 사랑과 무소유(無所有)를 실천하다 죽었다.

# 복수(復讐)

스님과 상인이 한 여관에서 만나게 되었다. 여관은 음식이 없어 참새구이 한 마리만 내놓았다.

'참새구이 한 마리로 두 사람이 먹기는 어렵지….'

상인은 스님에게 물었다.

"스님, 수도승은 육식을 해서는 안 되지요?"

"네, 그렇습니다."

"그럼 이 참새구이는 어쩔 수 없이 제가 먹

어야겠네요."

　상인은 참새구이를 혼자서 먹어치웠다.

　두 사람이 여행을 계속하던 중에 넓은 강을 만났다. 스님은 상인을 업고 강을 건넜다.

　강의 중간 즈음에 이르자 스님은 상인에게 물었다.

　"한 가지 물어 보겠는데, 돈을 가지고 계십니까?"

　"네, 가지고 있습니다."

그 말이 떨어지자마자 냉큼 상인을 강물에
던지며 말했다.
　"수도승은 돈을 몸에 지닐 수 없습니다."

# 단호한 조치

새로 부임한 사장은 이유 여하를 막론하고 게으른 사원은 무조건 내보내기로 했다.

간부들을 대동하고 시설을 둘러보던 사장은 마침 벽에 기대 서서 커피를 마시고 있는 젊은 이를 발견하자, 자기가 얼마나 단호한 경영자인지 본때를 보여 줘야겠다고 생각했다.

그래서 그에게 다가가서 물었다.

"자네, 월급은 얼마나 받나?"

"150만원 받습니다. 그런데 왜요?"

사장은 대꾸도 않고 즉석에서 150만원을 꺼내서 그에게 건네 준 다음 잘라 말했다.

  "이 돈 가지고 썩 나가서 다시는 나타나지 말게!"

  그러자 젊은이는 사장으로부터 돈을 챙겨 들고 휘파람을 불며 유유히 사라졌다.

  사장은 자신이 여러 사람들 앞에서 제대로 본때를 보여 줬다고 생각하고 스스로 만족해서 주위를 둘러본 다음, 열심히 일하고 있는 다른 사원에게 물었다.

"저 게으름뱅이는 여기서 무슨 일을 했었지?"

그러자 그 직원은 더욱 열심히 일손을 놀리며 대답했다.

"저 사람은 짜장면 배달 왔던 사람인데요!"

# 앵무새

어떤 부인이 애완 동물 가게에 와서 주인에게 불평을 늘어놓았다.

그 부인은 어제 앵무새를 사 간 사람이었다.

"내가 어제 사 간 앵무새가 글쎄 쌍소리를 하잖아요. '이봐, 뚱보야, 뚱보야.' 라고요."

주인이 물었다.

"혹시 남편께서 집 안에 계실 때 늘 욕을 하지 않으십니까?"

"예, 그렇긴 하지만…."

　"그렇다면 오히려 고마워해야 합니다. 이 새가 집에 있으면 남편이 멀리 계셔도 남편을 그리워하지 않을 테니까요."

# 정직한 낚시꾼

어떤 낚시꾼이 하루 종일 낚시를 했지만 운이 없어 고기를 한 마리도 잡지 못하였다.

빈 망태만 들고 돌아가던 그 사람이 동네 횟집 앞에서 멈추어 섰다.

그는 활어가 가득 들어 있는 수조 속에 자신의 낚싯대를 넣고 고기를 낚기 시작했다.

연이어 큼직한 고기들이 낚여 오고 낚시꾼은 환호성을 질렀다.

깜짝 놀란 횟집 주인이 뛰어나와 화를 내면

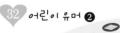

서 말했다.

"이게 무슨 황당한 짓이오? 멀쩡한 사람이 왜 남의 고기를 훔치고 있소?"

그러자 낚시꾼이 말했다.

"큰 놈으로 열 마리만 사 가겠소."

횟집 주인이 의아해서 물었다.

"왜 낚시로 낚아서 사 가요? 그냥 사 가면 되지 않소!"

낚시꾼이 멋쩍어하며 말했다.

"그래야 우리 식구들에게 이놈들을 내가 잡았다고 말할 수 있을 것이오. 나는 거짓말쟁이는 아니란 말이오!"

# 어머니로부터 받은 상처

중국 송나라 때의 정치가인 구준(961~1023)은 어렸을 때 놀기만 좋아할 뿐 공부를 매우 싫어하였다. 그리고 하는 일마다 경솔하게 처리하였다.

어느 날 그의 어머니는 이런 아들에게 무척 화가 나서 아들에게 저울의 추를 집어던졌다. 구준의 발에서는 피가 났으며 상처가 생겼다.

이런 일이 있고 난 후에 구준은 마음을 잡고 열심히 공부하기 시작하여 드디어 관직에 오르게 되었다.

진종(眞宗)이 즉위한 뒤 구준은 재상에 임명되었지만 이미 그의 어머니는 죽은 뒤였다.

구준은 자신의 발에 있는 상처를 보며 울음을 터뜨렸다. 그의 어머니 모습이 떠올랐던 것이다.

구준의 어머니가 아들에게 한 체벌은 가혹했지만 아들을 사랑해서 올바른 길을 가도록 인도하기 위한 것이었다.

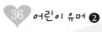

구준이 모친의 가르침을 원망하고 받아들이지 않을 수도 있다. 현대적인 교육에서는 이런 체벌은 허용되지 않는다.
　그러나 이러한 엄격한 어머니가 없었더라면 구준은 결코 한 나라의 재상의 자리에까지 오르지 못했을 것이다.

# 할아버지와 세관원

하루도 빠짐없이 오토바이에 자갈 포대를 싣고 국경을 넘나드는 할아버지가 있었다.

할아버지의 이상한 행동이 여러 날 계속되자, 세관원은 뭔가 밀수를 하고 있는 게 틀림없다고 생각하고 막 국경을 넘어가려는 할아버지를 붙잡고 물었다.

"할아버지! 포대에 들어 있는 게 뭡니까?"

그러자 할아버지가 퉁명스럽게 대답했다.

"아, 보면 모르시오? 보다시피 자갈이잖소."

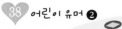

세관원은 할아버지의 말을 믿을 수가 없어 오토바이에서 포대를 내려 내용물을 확인해 보았다. 그러나 할아버지 말대로 자갈 외에는 들어 있지 않았다.

　세관원은 몹시 미심쩍었지만 할 수 없이 할아버지를 통과시켜 주었다.

　하지만 그 후에도 할아버지의 수상쩍은 행동은 계속되었다. 뭔가 숨기고 있는 게 틀림없다고 판단한 세관원은 그 후에도 여러 번 불시

검문을 해 보았으나, 여전히 할아버지가 신고 다니는 포대에는 자갈밖에 나오질 않았다.

도저히 호기심을 참을 수 없게 된 세관원이 하루는 방법을 바꾸어 할아버지에게 조용히 물었다.

"할아버지, 설사 밀수를 한다 하더라도 눈감아 드릴 테니 저한테 솔직히 말씀해 주세요. 절대 검거하지 않겠다는 각서도 여기 있습니다. 밀수를 하시는 게 틀림없지요?"

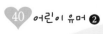

그러자 할아버지가 대답했다.

"그렇담 각서부터 이리 주시오! 내 말해 줄 테니⋯."

"자, 여기 있습니다. 도대체 뭘 밀수하시는 겁니까?"

"뭐긴 뭐겠소? 오토바이지!"

# 사랑은 고귀하다
## (Love is precious thing)

　　신비주의자이며 수도승인 라만누자에게 독신주의인 한 청년이 찾아와서 가르침을 요청하였다.

　　"존경하옵는 선생님이시여, 신(神)에 이르는 길을 가르쳐 주시옵소서."

　　라만누자는 수도승이었지만 가슴이 뜨거운 사람이었다. 그가 젊은이에게 말했다.

　　"젊은이여, 가슴 뜨거운 사랑을 하여라."

　　그 말에 청년이 말했다.

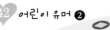

"저는 독신주의입니다. 여자에는 관심이 없습니다. 빨랫줄에 널린 치맛자락만 보아도 돌아서 갑니다."

그러자 라만누자는 이렇게 말했다.

"허허…, 당신은 바위처럼 가슴이 식어 버렸구나. 나는 당신에게 신에 이르는 길을 가르쳐 줄 수가 없다."

라만누자는 말을 이었다.

"사랑은 생각만 해도 황홀하고 가슴 뛰는 것

이다. 사랑은 비논리적이고, 비타산적이고, 모순을 녹이고, 삭막한 세상을 융화하고, 너무나 크고, 밝고, 따뜻하고, 말로 설명할 수 없이 위대한 힘이다. 사랑이 곧 신이니라."

# 한강 투신

아주 추운 겨울날 한 남자가 포장 마차에서 소주를 마시고 있었다.

뇌수술을 받은 그는 이혼까지 당한 데다 이런저런 일로 다섯 차례나 큰 사건을 겪은 터라 세상이 싫어서 살고 싶은 마음이 사라졌다.

소주 두 병을 마시고 천천히 한남 대교로 걸어간 그는 자살을 결심했다.

다리 한쪽을 난간 위로 올리고 있는데, 그 때 지나가던 중년 남자가 그를 바라보면서 잡지도 않고 이렇게 말했다.

"여보시오, 지금 뛰어내리면 추워서 얼어 죽어요. 좀 기다렸다가 따뜻한 봄에 뛰어내려요."

자살을 하려던 남자는 피식 웃으며 난간에 걸쳐져 있던 다리를 슬며시 내려 버렸다. 유머한마디가 사람을 살린 것이다.

# 사탄과 노인

예배가 시작되기 직전, 교회에 사탄이 나타났다.

그러자 노인 한 사람만 남고 모두 밖으로 나가 버렸다.

사탄이 노인에게 뚜벅뚜벅 걸어가서 물었다.

"당신은 내가 무섭지 않소?"

노인은 사탄을 거들떠보지도 않고 이렇게 대답했다.

"난 당신 따윈 무섭지 않아!"

"내 말 한마디면 당신이 죽을 수 있는데도?"

"그건 나도 알고 있소."

"그런데 어째서 내가 안 무섭다는 거지?"

"난 당신 누이하고 결혼해서 50년이나 함께 살아 왔는데, 뭘 그래?"

# 무와 송아지

착한 농부 내외가 무 농사를 지었는데 엄청나게 큰 놈 하나가 나왔다.

"여보, 이렇게 큰 무는 듣지도 보지도 못했으니 원님에게 바치기로 합시다."

부부가 그 큰 무를 원님께 바치니 착한 마음씨를 가상하게 여겨 사령을 불러서 물었다.

"여봐라! 요즈음 곳간에 들어온 것 중에 무엇이 있느냐?"

"예, 변변한 것은 없고 송아지 한 마리가 있

습니다."

"그럼, 그 송아지를 이 농부에게 주어라."

그래서 농부는 뜻밖에 송아지 한 마리를 받아 갔다. 그 소문이 마을에 퍼지자 저마다 말이 많았다.

이 이야기를 들은 한 욕심 많은 농부가 아내에게 말했다.

"여보, 무 한 개로 송아지 한 마리를 얻었다니 송아지 한 마리를 갖다 바치면 논 한 마지기를 상으로 내주겠지?"

"그럴지도 모르지요. 지금 몰고 가 봅시다."

이렇게 해서 욕심 많은 농부 부부는 부랴부랴 송아지를 끌고 가서 원님에게 바쳤다.

"요새 뭐 들어온 게 없나 보아라. 이 농부에게 상을 주도록 해라."

욕심쟁이 농부는 상으로 큰 무 한 개를 받아 들고 투덜거리며 돌아가야만 했다.

# 유죄 석방

옛날 어리석은 왕이 감옥을 사찰(査察)하다가 한 감방에 갇혀 있는 극악 무도한 죄수에게 물었다.

"죄인은 어찌하여 이런 곳까지 오게 되었는고?"

그러자 그 죄인이 억울함을 호소했다.

"저는 죄가 없습니다. 재판이 잘못되어 여기 들어왔습니다."

왕이 다음 감방으로 가서 독방 죄수에게 같

은 질문을 했다.

"저는 죄를 많이 지어서 들어왔습니다."

그러자 왕이 형리에게 명령했다.

"이 자를 석방하라! 이놈 때문에 다른 죄 없는 사람들이 나쁜 짓을 배우면 안 되니까."

# 그 사장에 그 직원

어느 회사에 불이 났다. 놀란 사장이 당황한 나머지 크게 소리쳤다.

"김 차장! 119가 몇 번이야?"

그러자 옆에 있던 김 차장이 벌떡 일어나면서 말했다.

"사장님, 이럴 때일수록 침착하셔야 합니다. 제가 114에 전화해서 물어 볼게요!"

# 한 손

한 자선 사업가가 양로원을 방문해서 준비해 간 선물을 나누어 주었다.

그런데 그 사장이 한쪽 손을 호주머니에 넣고 다른 한 손으로만 선물을 집어서 노인들에게 나누어 주는 것이었다.

직원 하나가 사장의 거만한 자세를 보다 못해 한마디 했다.

"사장님, 아무리 도와 주는 입장이라도 호주머니에서 손을 빼고 겸손하게 두 손으로 나눠

주는 것이 좋을 것 같습니다. 더군다나 연세
드신 어르신들 아닙니까?"

그러자 사장이 이렇게 말했다.

"자네는 왼손이 하는 일을 오른 손이 모르게
하라는 말도 모르는가?"

# 감사 (感謝)

이 세상에서 최초의 인간이었던 아담은 빵을 만들기 위해서는 15단계의 과정을 거쳐야 했다.

먼저 밭을 일구고, 씨를 뿌리고, 곡식을 거두고, 갈아서 가루를 만들고, 반죽을 하고, 불에 구워서 빵으로 만들었다.

지금은 돈만 내면 빵집에서 만들어 놓은 빵을 사올 수가 있다.

옛날에는 혼자서 하지 않으면 안 되었던 15

단계의 작업을 지금은 많은 사람들이 나누어서 하고 있기 때문에 빵을 먹을 때는 많은 사람들에게 감사하는 마음을 잊어서는 안 된다.

최초의 인간이었던 아담은 자기 몸을 가릴 옷을 만들기 위해서 대단히 많은 손을 거쳐야 했다.

양을 사로잡아 크게 키워서 털을 깎고 올을 짜서 기워서 입기까지는 상당한 인내와 노고가 필요했다.

지금은 돈만 내면 양복점이나 백화점에서 좋아하는 옷을 사 입을 수가 있다.

  옛날에는 혼자서 하지 않으면 안 되었던 작업을, 많은 사람들이 해 줌으로써 옷을 입을 때는 많은 사람들에게 감사하는 마음을 잊어서는 안 된다.

# 안녕히

　그는 매우 긴 여행을 하고 있었으므로 지쳐 버렸고, 굶주려서 목이 바싹 말랐다. 사막을 오랫동안 걸은 끝에 간신히 나무가 나 있는 곳에 다다랐다.

　그는 나무 그늘에서 쉬며, 나무에 달린 과일로 굶주림을 채우고 옆에 있는 물을 마시고는 안도의 숨을 내쉬었다.

　그러나 그는 여행을 계속하기 위해 다시 출발하지 않으면 안 되었다.

그는 이 나무에게 매우 감사해하며 말했다.

"나무여! 정말 고맙다. 나는 너에게 어떻게 답례를 하면 좋은가? 너의 과일이 달게 되도록 빌려 해도 너의 과일은 이미 충분히 달콤하다. 상쾌한 나무 그늘이 있도록 빌려 해도 너는 이미 그것을 갖고 있다. 너를 다시 더욱 자라게 하기 위해 충분한 물이 있도록 빌려 해도 물은 이미 충분히 있다. 내가 너를 위해서 바랄 수 있는 것은 네가 될 수 있는 대로 많은 열매를

맺게 하고, 그 열매가 많은 나무가 되어서 너처럼 아름답고 훌륭한 나무로 자라도록 바랄 수밖에 없구나."

당신이 헤어지는 사람에게 무언가를 바랄 때, 그 사람이 더욱 현명하게 되도록 바랐더라도 이미 충분히 착한 사람이었을 때는 당신은,

'당신의 아이들이 당신처럼 훌륭한 사람으로 자라도록 빕니다.'

라고 바라는 것이 가장 현명하다.

# 나무꾼의 출세

나무꾼 총각이 나무를 해 가지고 산에서 내려오다가 귀인의 행렬을 만났다.

원래는 지게를 벗고 그 자리에 엎드려야 하는데 그런 예절을 배우지 못한지라 그대로 버티고 서 있다가 무엄하다 하여 하인으로부터 볼기가 터지도록 맞았다.

나무꾼은 몹시 분했다. 그래서 작심하고 벼슬할 궁리만 했다.

"에라, 나도 벼슬을 해서 귀인 노릇을 해야

겠다."

　이 소문을 들은 짓궂은 사람이 농담을 했다.

　"내가 벼슬하는 법을 가르쳐 주랴?"

　나무꾼은 여름날 엿처럼 철썩 들러붙었다.

　"네, 네. 어떻게 하면 벼슬을 할 수 있지요?"

　"한양으로 가서 더도 말고 한 삼 년쯤 뒹굴다 보면 무슨 벼슬이든 한 자리 하게 될 걸세."

　순진한 나무꾼은 그 말을 믿고, 곧바로 한양으로 올라와 멍석으로 몸을 감고 길거리에서 뒹굴뒹굴 굴렀다.

이 소문이 장안에 파다했고, 드디어 대궐 안에까지 들어가 왕이 그 진상을 알아보기 위해서 나무꾼을 찾아갔다.

"네가 바로 벼슬 때문에 삼 년 동안 뒹굴겠다는 놈이냐?"

나무꾼은 그가 누구인지도 모르고 퉁명스럽게 대답했다.

"그래요, 세상에 귀인이 하도 세도를 부리기

에 나도 한번 귀인이 되어 맞서 보려고 그래
요."

"그래? 그렇다면 어떤 벼슬을 원하느냐?"

"내가 그걸 어떻게 알겠소?"

"감사 노릇은 어떻겠느냐?"

"감사요? 하라면 하지요."

"정승은 어떠냐?"

"정승도 좋아요."

"그럼, 임금 노릇은 어떻겠느냐?"

그러자 나무꾼 총각이 멍석을 풀고 벌떡 일어났다.

"지금 뭐라고 그랬소?"

"임금 노릇이라도 해 보겠느냐고 했다. 왜 싫은가?"

"뭣이 어쩌고 어째? 이놈이 누구기에 이런 역적 같은 소릴 해? 임금님이 멀쩡하게 계신데 이따위 불충의 말을 뱉다니! 너 오늘 좀 맞아야겠구나!"

총각은 눈에서 불이 나게 왕의 뺨을 쳤다.

"어…, 어!"

　불시에 뺨을 맞은 왕은 당황스러워 어이가 없었지만, 나무꾼의 순박한 마음과 임금에 대한 충정을 가상하게 여겨 벼슬을 내려 주었다고 한다.

# 할인을 하면

어떤 아주머니가 슈퍼마켓에 물건을 사러 갔는데, 젊은 남자 점원이 매우 반갑게 맞이하며 말했다.

"어서 오세요, 아주머니. 정말 젊고 멋있어 보여요."

"어머, 그래요? 내가 몇 살이나 돼 보이는데요?"

"30대 초반 같으세요."

기분이 좋아진 아주머니는 얼굴 가득 함박

웃음을 지으며 말했다.

　"그래요? 그렇게 봐 주니 정말 고마워요."

　"뭘요, 저희 가게에선 단골 손님한테는 뭐든지 30% 할인해 드린답니다!"

# 장량의 끈기

한 젊은이가 다리를 건너가는데 누더기를 걸친 노인이 신발을 다리 아래로 떨어뜨리며 말했다.

"이보게, 젊은이. 내려가서 신발을 좀 주워 오게."

젊은이는 울컥 화가 치밀었지만 노인이기 때문에 지그시 참고 다리 아래로 내려가 신발을 주워 왔다.

"신겨 주게."

노인은 젊은이에게 한 수 더 떠서 그 신발을 신겨 달라고 했다.

　너무한다는 생각이 들었지만 이왕 내친 김이라 젊은이는 허리를 굽혀 공손히 신발을 신겨 주었다. 그러자 노인이 말했다.

　"자네는 꽤 쓸 만한 젊은이로군. 닷새 뒤 날이 셀 무렵 이 곳으로 오게."

　노인은 이 말을 남기고 홀연히 그 자리를 떠났다.

닷새 뒤 새벽에 다리로 나가 보니 노인은 벌써 와 있었다.

"늙은이와 약속한 녀석이 왜 이리 늦었느냐? 닷새 뒤 다시 오너라!"

노인은 이렇게 호통을 치며 가 버렸다.

닷새 뒤에, 이번에는 닭이 우는 소리를 듣고 바로 나갔지만 노인은 벌써 와서 기다리고 있었다.

"또 늦었군. 닷새 뒤에 다시 오너라!"

다시 닷새 뒤에 젊은이는 아직 날이 새기도 전에 어둠 속을 더듬거리며 다리로 나갔다.
　그러자 잠시 뒤에 노인이 나타났다.
　"음, 오늘은 시간에 맞춰 왔군. 자, 받아라."
　노인은 젊은이에게 책 한 권을 건네 주었다.
　"이것을 읽어라. 이 책을 숙독(熟讀)하면 너는 왕의 군사(軍師)가 될 수 있느니라. 10년 뒤에는 훌륭한 군사가 되어 세상에 이름을 떨치게 될 것이다."

이 말을 남기고 노인은 어디론가 사라졌다.

그 책이 곧 강태공이 쓴 '육도삼략(六韜三略)
이라는 병서(兵書)였다.

젊은이는 그 책을 다 외울 때까지 되풀이해
서 읽고 또 읽었다.

이 젊은이가 훗날 한(漢)나라를 세운 유방(劉
邦)의 군사가 되어 초나라의 항우를 무찌르고
그를 성공시킨 장량[張良]이었다.

성공하려면 인내가 있어야 한다.

# 염라대왕의 실수

어떤 40대 부인이 심장 마비를 일으켜 병원으로 실려 왔다. 수술을 받는 동안 사망 직전의 경험을 한 그녀는 염라대왕이 나타나자 슬픈 목소리로 물었다.

"염라대왕님, 제 인생은 이제 끝난 건가요?"

그러자 염라대왕이 기록을 살펴본 다음 대답했다.

"아직 올 때가 안 되었다. 앞으로 40년이 더 남았느니라."

그녀는 너무나 기뻤다. 이제 다시 찾은 제2
의 인생을 그냥 아무렇게나 살 수는 없었다.
그래서 그녀는 남은 인생을 최대한 즐기기 위
해 이왕 입원한 김에 얼굴을 성형한 데 이어,
지방 흡입술로 날씬한 몸매를 만들고 퇴원했
다. 정말 다른 사람이 된 것처럼 그녀는 아름
다운 모습이었다.

  그런데 불행히도 병원을 나서는 순간 그녀
는 차에 치여 숨을 거두고 말았다.

저승으로 불려 간 그녀는 너무나 억울해서 염라대왕에게 항의했다.

　"뭐예요? 아직 40년이 더 남았다면서 왜 저를 부르신 거예요?"

　그러자 염라대왕이 매우 미안해하면서 대답했다.

　"아이고, 정말 미안하게 됐구나. 얼굴이 완전히 딴 사람으로 바뀌어서 그대를 알아보지 못했느니라."

# 백정과 박 서방

나이 많은 백정인 박 씨에게 어느 날 양반 두 명이 고기를 사러 왔다.

배가 불룩하고 매부리코를 한 양반이 먼저 고기를 주문했다.

"이봐, 백정! 고기 한 근 썰어 줘."

"네, 그러지요."

박씨는 칼을 잡더니 고기 덩어리 중에서 제일 시원찮은 부분을 딱 한 근만 썰어 종이에 둘둘 말더니 매부리코 양반에게 내밀었다.

이번에는 콧수염을 길게 기른 양반이 고기를 주문했다.

　"박 서방, 여기 고기 한 근 주시게나."

　"네, 그러시지요."

　박 씨는 기분 좋게 대답하더니 얼른 제일 좋은 부분을 듬뿍 썰어 종이에 곱게 싸서 콧수염 양반에게 건네 주었다.

　이걸 본 매부리코 양반이 성을 버럭 내며 박 씨에게 따졌다.

"이놈아, 어찌 사람을 차별하느냐? 같은 한 근인데 어째서 이 양반은 고기도 좋고 양도 내 것보다 더 많이 주느냐 말이다!"

그러자 박 씨가 대답했다.

"아, 네…, 그야 손님 고기는 백정이 자른 것 이고, 방금 드린 이 어른의 고기는 박 서방이 잘랐으니 그런 겁니다."

남에게 대접을 받으려면 남을 존중해야 하 는 것이 불변의 진리이다.

# 머리 좋은 곰

사냥꾼이 숲 속에서 곰을 발견하여 총을 겨누자 곰이 두 손을 들고 소리쳤다.

"우리 싸우지 말고 서로 협상을 하면 어떻겠소?"

"좋지! 난 곰 가죽으로 만든 코트가 입고 싶다고!"

"그건 그다지 어려운 문제가 아니네요. 하지만, 그전에 배가 고프니까 내 굴로 가서 방법을 찾읍시다."

"좋아, 그러지 뭐."

곰은 사냥꾼을 안내하여 자기의 굴 입구에
이르자 갑자기 사냥꾼에게 달려들어 물어뜯었
다. 사냥꾼이 질겁하며 소리쳤다.

"이봐, 약속이 틀리잖아!"

그러자 곰이 말했다.

"뭐가 틀려요? 당신을 내 뱃속에 넣으면 자
동으로 곰 가죽 코트를 입게 되지 않겠소?"

# 멍청하게 만든 이유

하나님과 아담이 에덴 동산을 거닐며 대화를 나누었다. 먼저 아담이 하나님께 여쭈었다.

"하나님, 이브는 정말 예뻐요. 그런데 왜 그렇게 예쁘게 만드셨어요?"

"그래야 네가 늘 그 애만 바라보지 않겠니?"

그러자 아담이 다시 하나님께 여쭈었다.

"이브의 피부는 정말로 부드러워요. 왜 그렇게 만드신 거예요?"

"그래야 네가 늘 그 애를 쓰다듬어 주지 않

겠니?"

　"그런데 하나님, 이브는 좀 멍청한 것 같아
요. 왜 그렇게 만드신 거예요?"

　"바보야, 그래야 그 애가 널 좋아할 거 아니
냐?"

# 매실

매실은 6월 달 늦봄에 딴다.

중국 삼국 시대에 조조가 전선으로 가기 위해 대군을 이끌고 먼 거리를 진군하고 있었다. 찌는 듯한 더위에 병사들은 목이 바짝 말라서 타들어갔다.

"아, 목마르다. 물 한 모금만 마셨으면…!"

병사들은 물을 먹고 싶었으나 물 한 방울 찾을 수 없었다.

그 때 조조(曹操)가 문득 한 가지 꾀를 생각해

 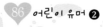

냈다. 손가락으로 앞을 가리키면서 조조는 병
사들에게 말했다.

"저 앞에 매실이 가득한 매실 숲이 있다. 매
실은 달콤새콤하므로 갈증을 풀 수 있을 것이
다."

이 말을 들은 병사들은 입 안에 침이 괴어
갈증을 잊을 수 있었다.

망매해갈(望梅解渴)은, 매실을 보기만 해도 침
이 돌아 갈증을 해소한다는 의미이다.

# 개미와 코끼리

거대한 코끼리가 낮잠을 자고 있었다. 그런데 개미가 등산을 한답시고 배낭을 메고 코끼리 배 위로 올라갔다.

깜짝 놀라 잠에서 깬 코끼리가 개미에게 소리쳤다.

"야, 인마, 무겁다. 내려가라!"

그러자 개미가 앞발을 번쩍 치켜들면서 소리쳤다.

"조용히 해, 자식아, 콱 밟아 죽이기 전에!"

그러자 마침 이 광경을 지켜본 하루살이가
혼자 중얼거렸다.
　"세상에, 오래 살다 보니 별꼴 다 보겠네!"

# 집안 도둑

출근 준비를 하던 남편이 아내에게 말했다.

"여보, 간밤에 우리 집에 도둑이 들었었나 보구려."

아내가 깜짝 놀라서 물었다.

"어째서요? 뭐가 없어졌어요?"

"내 호주머니 속에 있던 돈이 몽땅 없어졌으니 말이오."

"쯧쯧…, 당신이 용감하게 도둑에게 총을 쐈다면 지금 그 돈은 그대로 있었을 텐데요."

"그랬겠지···. 하지만 그랬더라면 난 지금쯤
홀아비가 됐을걸?"

# 무단 횡단(無斷橫斷)

부부가 외출을 했는데 앞서가던 남편이 차도를 무단 횡단을 했다.

깜짝 놀란 트럭 운전사가 남편에게 소리를 질렀다.

"이 바보 멍청이 얼간 머저리 쪼다야, 길 좀 똑바로 건너!"

이 말을 들은 아내가 남편에게 물었다.

"당신 아는 사람이에요?"

"아, 아니야, 모르는 사람이야."

아내는 감탄을 하며 이렇게 말했다.

"그런데 당신에 대해서 어쩌면 그렇게 잘 알아요?"

# 기특한 개

공원에 개를 데리고 나온 두 여인이 서로 자랑을 늘어놓았다.

먼저 한 여인이 말했다.

"우리 개는요, 아침마다 문 밖에 나가서 신문 배달원을 기다렸다가 신문을 물고 들어온답니다. 참으로 기특해요."

그러자 다른 여인이 말했다.

"그건 저도 알고 있어요."

"어머, 우리 개가 아침마다 신문을 받아 오

는 걸 어떻게 아세요?"

　"우리 개가 말해 줬거던요!"

# 지식(knowledge)과 지혜(wisdom)

지식(知識)은 '아는 것'이고 지혜(智慧)는 사리를 '판단하는 능력'이다.

자기 자신을 중심으로 해서 외부에 있는 객관적으로 존재한 것에 대해서 아는 것을 지식이라 하고, 자기 자신 안에 있는 판단하는 능력을 지혜라고 한다.

식물로 말하면 땅 위에 나타난 모양을 지식이라 한다면, 땅 밑에 있는 뿌리를 지혜라 볼수 있다.

지식은 책 속에서 많이 얻을 수 있는데, 그
지식을 토대로 하여 사물의 옳고 그름을 자기
자신이 판단하거나 판별하는 능력을 지혜라고
한다.

　세상을 유쾌한 마음으로 산다는 것, 얼마나
큰 지혜일까?

　그리스의 철학자 소크라테스는 사람들이 진
지하게 생각하는 일들을 가끔은 농담을 하듯
받아넘겼다.

한번은 아내가 소크라테스에게 시끄럽게 잔소리를 퍼부은 뒤, 물통에 담긴 물을 소크라테스의 머리에 부어 버렸다. 그러나 소크라테스는 빙긋이 웃으며 말했다.

　"천둥이 친 다음에는 소나기가 오게 마련이지. 저런 아내를 다룰 수 있다면 어떤 사람인들 다루지 못하겠나, 허허."

# 흐르는 물처럼 살아라

물에 빠졌을 때 그 흐름에 거슬러 반대로 가서는 안 된다.

될 수 있는 한 흐름에 따라 그냥 내려가면 아무리 약한 사람도 물가나 언덕에 닿기 마련이다.

세르반테스

무엇보다도 물같이 행동하는 것이 필요하다.

물은 담는 그릇에 따라서 모양이 변한다.

방해물이 없으면 물은 흐른다.

둑이 있으면 머무른다.

둑을 치우면 또 흐르기 시작한다.

물은 이 같은 성질이 있기 때문에 가장 필요
하며 가장 힘이 강하다.

인생도 흐르는 물처럼 살아가라.  노자(老子)

# 건망증 (健忘症)

공자가 여러 나라를 다닌 후에 노나라에 귀
국했을 때, 태수인 애공(哀公)에게 여행에서 있
었던 이야기를 했다.

그러자 애공도 이런 말을 했다.

"선생님께서 여행 중에 계실 때 이웃 나라로
이전해 간 부하가 있었지요. 그 자는 대단한
건망증이 있었습니다. 그의 부인을 깜박 잊고
집에 둔 채 한참 가던 도중에 생각이 떠올라
되돌아가질 않았겠습니까?"

그러자 공자가 대답했다.

"자기 아내를 집에 둔 채 잊고 나갔을지라도 그것은 반드시 생각이 나서 데리러 올 것이니 걱정할 건 못 되지요. 그러나 가장 소중한 자신(自身)을 어딘가에 버려 둔 채 까맣게 잊고 방치해 두고 있는 것은 바로 우리가 살고 있는 이 시대의 모습이 아니겠습니까?"

공자의 말에 애공은 고개를 끄덕이며 웃었다고 한다.

# 바쁠수록 돌아가라

독일에 슈피겔이라는 기인(奇人)이 살았다. 어느 날 아침, 빠른 속도로 마차를 몰아서 달려온 나그네가 그의 앞에서 마차를 멈추고, 다음 도시까지 가는 데 걸리는 시간을 물었다.

"천천히 가면 4~5시간 걸리고 급하게 달리면 하루 걸린다오."

그는 기묘한 대답을 해 주었다.

"그게 대체 무슨 말이오?"

나그네는 발끈 화를 내며 그 곳에 올 때보다

도 더 빠른 속도로 말을 몰았다. 그런데 그만 도중에서 수레 바퀴의 굴대가 부러져 버리고 말았다. 빨리 가고 싶은 욕심이 지나쳐서 마차의 굴대가 부러질 만큼 무리를 했던 것이다.

나그네는 부러진 굴대를 수리해서 바꿔 끼우는 데 시간이 걸려 한밤중에 다 되어서야 겨우 목적지에 도착했다.

슈피겔이 말한 대로 꼬박 하루가 걸려 버린 셈이다.

'바쁘다'고 하는 한자의 바쁠 망(忙)자를 풀어보면 마음심(忄)변에 달아날 망(亡)으로 되어 있다. 마음이 달아난 현상을 나타낸 글자라고 한다.

  너무 지나치게 바빠서 다망(多忙)한 나머지 마음을 잃어버리고 살고 있지나 않은가?

  일상을 바쁘고 조급하게 쫓기다 인생을 끝마쳐 버린다면 너무 애석한 일이 아닐 수 없다.

# 정신 병원

어느 정신 병원에서 환자가 고무신에 물을 가득 부어 놓고 쭈그리고 앉아 열심히 낚시질을 하고 있었다.

지나가던 의사가 신기해서 물었다.

"고기 좀 낚았나요?"

"미친 놈! 고무신에 사는 고기 봤나?"

정신 병원에 국회 의원이 방문했다. 병원장과 정신 병자들이 모두 나와서 박수를 치며 환

영했다.

　그런데 유독 한 남자만 멍청히 쳐다보며 시 큰둥해했다.

　그 모습을 본 국회 의원이 물었다.

　"원장님, 저분은 왜 저러고 있지요?"

　그러자 원장이 대답했다.

　"네, 저 사람은 오늘 아침에 제정신이 돌아 온 사람입니다."

# 철학자와 뱃사공

어느 철학자가 나룻배를 타고 가다가 지루하여 젊은 뱃사공에게 말을 걸었다.

"자네는 철학을 배웠는가?"

그러자 뱃사공은 고개를 저었다.

"배우지 못했습니다. 먹고 사는 게 바빠 어디 틈이 있어야지요."

철학자는 혀를 쯧쯧 차며 말했다.

"허, 한심한 사람이군. 자넨 인생의 3분의 1을 헛살았구먼. 그렇다면 자넨 문학에 대해서는 공부를 했나?"

"문학이요? 그게 뭔데요? 저는 그런 것이 있는지도 모르는 걸요."

뱃사공의 말에 철학자는 다시 혀를 차며 말했다.

"그럼 자네는 인생의 3분의 2를 헛살았군."

뱃사공은 철학자의 말에 고개를 저으며 멀뚱한 표정을 지었다.

그 때 갑자기 배에 물이 스며들면서 배가 가

라앉기 시작했다.

　이번에는 뱃사공이 철학자에게 물었다.

　"선생님은 헤엄을 배웠나요?"

　"안 배웠소. 나 같은 고매한 철학자가 언제 그런 걸 배웠겠소?"

　그러자 뱃사공이 말했다.

　"선생님은 인생 전체를 헛살았군요. 안녕히 가시오!"

# 웃고 죽다

영안실에 세 구의 시체가 들어왔다.

그런데 이상하게도 세 구 모두가 웃고 있었다. 그래서 검시관이 물었다.

"아니 시체들이 왜 모두 웃고 있지요?"

그러자 실장이 그 사연을 설명했다.

"아~ 네…, 첫 번째 분은 백억원짜리 복권에 당첨되어 심장 마비로 죽었답니다. 그리고 두 번째 분은 아들이 일등 했다고 좋아서 웃다가 죽은 겁니다."

"그럼 셋째는요?"

"그 사람은 벼락을 맞았는데 번개가 떨어지
자 사진 찍는 줄 알고 미소 짓다 죽었답니다."

# 주치의의 방문 진료

사장님이 몸이 아파서 급히 주치의가 출동했다.

의사는 집에 오자마자 사장님이 계시는 방으로 들어가서 진료를 시작하는 듯하더니, 잠시 후에 나와서 부인에게 말했다.

"저기, 칼 있으면 좀 주십시오."

그러자 부인은 얼른 의사에게 칼을 갖다 주었다.

잠시 후 의사가 또 나와서는 부인에게 이렇

게 말했다.

　"펜치 좀 갖다 주시지요."

　부인은 아무 말 않고 의사에게 펜치를 찾아서 갖다 주었다.

　또 잠시 후… 의사가 나와서는,

　"드라이버도 좀 갖다 주시겠어요?"

　마음이 더욱 초조해진 부인은 황급히 드라이버도 찾아서 갖다 주었다.

　그런데, 의사는 다시 나와서 이렇게 말하는

것이었다.

"전기톱 있습니까?"

마침내 부인은 참다 못해 울음을 터뜨리며 물었다.

"대체 무슨 병이기에 이러십니까?"

그러자 의사가 땀을 훔치며 대답했다.

"아, 죄송합니다. 진료 가방이 안 열려서…."

# 골동품

어떤 벼락 부자가 좋은 집에다가 온 방을 화려하게 꾸미고 값비싼 서화와 골동품을 잔뜩 사들였다.

그리고는 온 집 안에 없는 것이 없으리만큼 많이 늘어 놓고 사람들에게 자랑하는 재미로 살았다.

하루는 작품들을 구경하러 고명한 화가가 찾아오자 그 부자는 어깨를 쭉 펴고 자랑스럽게 말했다.

"허허…, 어떻습니까? 이 서화나 골동품 중에서 이 방에 걸맞지 않은 것이 있다면 말씀해 주십시오."

고명한 화가는 그 작품들을 꼼꼼하게 살펴보고 나서 한마디 했다.

"모두 훌륭한 작품들이어서 참 부럽습니다. 그러나 한 가지는 없어도 될 것 같은 것이 있습니다."

"그렇습니까? 그것이 무엇인지 말씀해 주십

시오. 바로 치우겠습니다."
　화가는 미소를 띠며 말했다.
　"바로 당신입니다."

# 작 가

가난한 작가(作家)가 글을 쓰느라고 밤낮없이 책상 앞에서 땀을 흘리며 끙끙 앓고 있었다.

아내가 보기에 너무나 딱해서 한마디 했다.

"여보, 문장을 만든다는 것이 그토록 어려운 것이군요. 우리 여인네들이 해산을 하는 것만큼이나 힘든가 봐유?"

그러자 작가는 아내를 바라보며 말했다.

"해산은 뱃속에 있는 것을 꺼내는 거지만, 소설은 아무것도 없는 것을 만들어야 하잖아."

# 합리적인 가격
## (logical price)

    은퇴해서 전원 생활을 하는 노인이 집에서 5 킬로미터 떨어진 양계장에 가서 달걀을 샀다.

    대개는 주인이 달걀을 배달해 주지만 가끔씩 노인은 농장에 들러서 달걀도 사고 이야기도 나누었다.

    그런데, 어떤 이유에선지 노인이 농장에 와서 달걀을 살 때에는 농부가 배달해 줄 때보다 달걀 값이 더 비쌌다. 그렇다고 달걀이 더 큰 것도 아니었다.

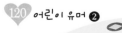

노인이 주인에게 물었다.

"어떻게 달걀 값을 결정하시오?"

주인이 말했다.

"손님이 내 농장에 올 때는 손님이 달걀이 필요한 거고, 내가 손님 집에 갈 때는 내가 돈이 필요해서 가는 게 아닐까요?"

노인이 그 말을 듣고 웃으며 말했다.

"그것, 말이 되는군."

# 고양이 버리기

　고양이를 지독히 싫어하는 어떤 남자가 있었다.

　어느 날 그 남자는 아내가 기르는 고양이를 몰래 차에 태우고 2km 떨어진 공원에다 버리고 왔다.

　그런데 그가 집 마당에 차를 댈 무렵, 고양이가 잽싸게 현관 안으로 들어가는 것을 보았다.

　다음 날, 남자는 아예 돌아오지 못하도록 멀

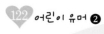

리 4km나 떨어진 곳에 고양이를 버렸다.

'흠, 이제는 돌아오지 못할 테지!'

그러나 집에 돌아왔을 때, 어느 새 고양이는 집에 돌아와 있었다.

화가 난 남자는 다음 날 차를 몰고 길을 나섰다. 이번엔 아주 먼 곳, 누구도 찾아오지 못할 곳에 고양이를 버릴 작정이었다.

한 시간 후, 아주 멀리 떨어진 곳에 고양이를 버린 남자는 집에 있는 아내에게 전화를 걸었다. 그리고 시치미를 떼고 물었다.

"여보, 고양이 집에 있어?"

"고양이요? 내 옆에 있어요. 그런데 무슨 일이죠?"

"고양이 좀 바꿔 봐, 내가 길을 잃어버렸어!"

# 파 티

파티에 모인 손님들을 즐겁게 해 주려고 한 여인이 온 힘을 다해 노래를 부르고 있었다. 그 때 손님으로 온 한 비평가가 옆에 앉은 사람에게 말했다.

"너무 시끄러운 목소리군요."

그러자 옆의 남자가 말했다.

"저 여자가 누군지 아슈?"

그 비평가가 고개를 저으며 말했다.

"처음 보는 가순데요."

"제 아내요."

"아, 용서해 주세요. 노래는 썩 잘 하시는데, 문제는 노래입니다. 누가 저런 형편없는 노래를 만들었는지 궁금하군요."

"제가 만들었소."

그러자 그 비평가는 더듬거리며 말했다.

"정말 좋은 곡이군요. 한데, 가수를 잘못 선택했군요."

# 유전(遺傳)

먹돌이는 치아가 너무 나빠서 어릴 적부터 친구들에게 놀림을 많이 받았다.

친구들의 놀림을 견디다 못한 꼬마 먹돌이는 엄마에게 불평을 했다.

"엄마! 내 이빨을 예쁘게 만들어 줘."

엄마가 말했다.

"지금은 안 돼. 너무 돈이 많이 들어가!"

"이게 다 엄마 때문이야. 엄마가 날 이렇게 낳았잖아!"

그러자 엄마의 변명 한마디,
"처음에 엄마가 널 낳았을 때는 이빨이 없었
단다. 네가 사탕을 많이 먹어서 이빨이 그렇게
된 거야."

# 비스마르크

독일의 재상이었던 비스마르크는 사냥을 매우 즐겼다.

어느 날 비스마르크는 친구와 함께 사냥을 나갔다가 그만 늪에 빠지고 말았다. 다행히 친구가 달려와 구해 줘서 그는 간신히 살아날 수 있었다.

집으로 돌아오는 길에 이번에는 친구가 늪에 빠지고 말았다.

비스마르크가 달려갔을 때 이미 친구는 허

리까지 늪 속에 깊이 빨려 들어가고 있었다.
친구가 울면서 살려 달라고 애원했다.

"조금 전에 내가 자네를 구해 주지 않았는
가? 제발 나 좀 건져 주게나."

하지만 비스마르크는 친구의 애원을 아랑곳
하지 않고 총을 들어 늪에 빠진 친구를 향해
겨누었다.

"여보게 친구, 미안하네. 자네를 구하려 하
다가 나까지 죽을 것 같네. 그렇다고 자네의

고통스러워하는 모습을 보고 있으려니 너무 괴롭군. 매정하지만 이 총으로… 미안하네. 나를 이해하게나."

그 말을 들은 친구는 크게 분노하여 온 힘을 다해서 늪가로 몸을 옮겼다.

그러자 비스마르크는 재빨리 총대를 친구에게 내밀며 그를 건져 주었다. 그리고 이렇게 말했다.

"오해하지 말게. 조금 전의 내 총은 자네의

머리가 아니라 자네의 분발력에 겨눈 것이라
네."

　비스마르크는 대담한 재치로 친구를 살려
낸 것이다.

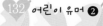

# 도산 안창호

도산 안창호(島山 安昌浩) 선생이 어릴 때 배재 학당에 입학하기 위해 면접을 보았다.

미국인 선교사가 질문을 시작했다.

"어디서 왔습니까?"

"평양에서 왔습니다."

"평양이 여기서 얼마나 됩니까?"

"한 800리쯤 됩니다."

"그럼 학생은 평양에서 공부하지 무엇 하러 이렇게 먼 서울까지 왔습니까?"

안창호는 선교사의 눈을 보며 반문했다.

"선교사님, 미국은 서울서 몇 리입니까?"

"한 8만 리쯤 됩니다."

선교사의 말에 안창호는 또박또박 이렇게 대답했다.

"8만 리 밖에서도 가르쳐 주러 왔는데 겨우 8백 리 거리를 찾아오지 못하겠습니까?"

의례적인 대답보다 자신만의 독특한 대답이 강한 인상을 심어 준다.

# 두 바보

두 친구가 보트를 하나 빌려 호수에서 낚시를 했다. 그들은 50마리의 고기를 잡았다.

한 사람이 다른 사람에게 말했다.

"여보게, 이 지점을 꼭 표시해 두게. 그래야 우리가 내일 또 올 수 있지."

다음 날 그들이 낚시를 하러 가면서 그 친구가 물었다.

"그 지점을 표시해 두었는가?"

그의 친구가 대답했다.

"그럼, 내가 보트 밑에 크게 X자 표시를 하였지."

처음 친구가 실망하며 소리쳤다.

"이 친구야, 만일 우리가 오늘 그 보트를 빌리지 못하면 어쩔 거야? 호수의 수면에다가 표시를 해 두었어야지, 안 그런가?"

옛날 말에, 사람을 알려면 먼저 그 친구를 보라고 했다.

# 사과와 산수 문제

수학 시간에 여자 선생님이 한 명 청한 아이에게 물었다.

"여기 사과 아홉 개가 있어요. 열 사람이 골고루 먹을 수 있는 방법은 무엇일까요?"

그 학생이 대답했다.

"사과 주스를 만들어 나누어 먹으면 됩니다."

이번에는 그 학생이 선생님에게 되물었다.

"사과 열 개를 아홉 사람이 나누어 먹는 방

법을 아세요?"

선생님이 대답했다.

"사과 주스를 만들어 나누어 먹으면 되겠지요."

그러자 학생이 고개를 흔들면서 말했다.

"뭐 그렇게 복잡하게 할 필요 있습니까? 아홉 사람에게 하나씩 나누어 주면 1개가 남습니다. 남은 것은 선생님이 드시면 됩니다."

# 긍정적 사고 세미나

한 심술쟁이가 '긍정적 생각 세미나'에 참가하여 강의를 듣게 되었다.

"자! 여러분, 병 속에 포도주가 절반이 있습니다. 한 사람은 '술이 반병밖에 안 남았다!' 고 말합니다. 또 다른 사람은 '술이 아직도 반병이나 남았네!' 라고 합니다. 이처럼 똑같은 사항을 두고 긍정적으로, 또는 부정적으로 다르게 생각할 수 있습니다."

심술쟁이 사원은 견딜 수가 없어서 밖으로

나와 주차장으로 가서 모든 사람들의 자동차 타이어의 공기를 반을 빼 버렸다.

그리고, 강의가 끝나고 긍정적인 생각을 품고 주차장에 나온 사람들에게 심술쟁이 사원이 앞에 나가 말했다.

"당신 자동차의 타이어에 공기가 반이 찼습니까, 아니면 반이 비었습니까? 그것은 당신의 생각에 달렸습니다."

# 달팽이와 참새

달팽이가 우물에서 밝은 세상 밖으로 나오려고 기어오르고 있었다.

우물의 깊이는 20미터였다. 달팽이는 낮에는 3미터를 기어오르고 밤에는 2미터를 미끄러져 내려갔다.

그리하여, 달팽이는 드디어 우물 밖으로 나오는 데 성공했다. 밖으로 나오기까지 20일이 걸렸다. 20일은 달팽이 수명으로 환산하면 2년에 해당된다.

그 때 갑자기 나무 위에서 참새 한 마리가 날아와서 달팽이를 쪼아 먹으려고 했다.

　달팽이는 급히 머리를 움츠려서 달팽이 집 안에 넣고 몸을 굴려 다시 우물 속으로 뛰어들었다.

　그가 우물 속으로 떨어지는 데는 불과 2초밖에 걸리지 않았다. 2초의 시간은 달팽이 시간으로 2분에 해당한다.

　달팽이가 말했다.

"올라가는 것은 힘들고 추락은 잠깐 사이로
군! 밝은 바깥 세상은 어두운 우물 속보다 더
무서운 곳이구나!"

# 노 자

　노자(老子)가 제자들에게 이런 말을 했다.

　"연약한 것은 강한 것보다 낫고, 어리석은 듯 슬기로운 것이 지나치게 똑똑한 것보다 낫다."

　이 말을 의아하게 생각한 제자가 물었다.

　"저는 스승님의 말씀을 좀처럼 이해할 수 없습니다. 연약한 것보다 강한 것이 더 낫다고 생각하는 것이 상식이 아닙니까?"

　노자가 대답했다.

"강한 것은 부러지기 쉽지만 연약한 것은 부러지지 않는다. 거센 바람이 불면 큰 나무는 뿌리째 뽑히지만 연약한 갈대는 휘어질 뿐 부러지지 않는다는 것을 보면 알 수 있지 않느냐?"

제자는 고개를 끄덕였다.

"과연 그렇군요. 그렇다면 어리석은 사람이 똑똑한 사람보다 낫다는 것은 어떤 뜻에서입니까?"

노자는 빙그레 웃으며 입을 열었다.

　"곰곰이 생각해 보아라. 네가 좋아하는 사람 중에 너보다 똑똑한 사람이 많으냐? 아니면 어리석은 사람이 많으냐?"

　"생각을 해 보니 제가 좋아하는 사람 중에서 저보다 똑똑한 사람은 없는 것 같습니다."

　"바로 그것이다. 똑똑한 사람은 남의 시기와 미움을 받기 쉽지만 어리석은 듯 보이면서 슬기로운 사람은 남들이 모두 좋아하는 것이 아니겠느냐?"

노자의 말처럼 자신을 조금만 낮추면 세상 살아가기가 편해진다.

# 가난한 아버지

포드 자동차의 창업자 포드가 한 호텔에서 묵고 팁으로 웨이터에게 1달러를 주자 웨이터가 이상하다는 듯이 물었다.

"아니, 회장님! 아드님은 팁을 100불씩 주던데요?"

그러자 포드가 한마디 했다.

"그 애는 재벌 아버지를 두고 있지만 나는 가난한 아버지를 두었기 때문이라오."

# 난 그것이 필요 없네

석가모니가 길을 가는데 동네 건달이 욕을 했다. 심한 욕설을 듣고도 석가모니는 미소를 지을 뿐 노하는 기색이 없었다.

제자들이 물었다.

"스승님, 그런 모욕을 듣고도 웃음이 나오십니까?"

"이보게, 자네가 내게 금덩어리를 준다고 하세. 그것을 내가 받으면 내 것이 되지만 안 받으면 누구의 것이 되나?"

"원래 임자의 것이 되겠지요."

"바로 그걸세. 상대방이 내게 욕을 했으나 내가 받지 않았으니 그 욕은 원래 말한 자에게 돌아간 것일세. 그러니 웃음이 나올 수밖에…."

# 스님의 지팡이

옛날에 어떤 남자가 길을 가다가 스님 한 분을 만나게 되었다. 그 스님은 멋진 지팡이를 가지고 있었다.

'정말 멋진 지팡이인걸! 꼭 내 걸로 만들어야지.'

지팡이가 탐이 난 남자가 스님에게 말했다.

"스님! 부처님은 중생을 위해 무엇이든 해 주신다면서요?"

"그렇지요."

"그럼 스님, 그 지팡이를 제게 줄 수 있습니까?"

"군자는 아무거나 남의 것을 탐하는 게 아닙니다."

그러자 남자는 뻔뻔하게 말했다.

"나는 아직 군자가 못 되는데요?"

그러자 스님도 한마디 했다.

"그래요? 나도 아직 부처가 못 되었답니다, 허허…."

# 잃어버린 수영복

    수영장에서 개미와 코끼리가 함께 수영을 하고 있었는데, 갑자기 몹시 화가 난 개미가 수영을 하는 코끼리에게 소리쳤다.

    "야, 코끼리!"

    그러나 코끼리는 개미의 말은 들은 척도 않고 계속 수영만 했다. 그러자 개미가 더욱 큰 소리로 말했다.

    "야, 코끼리! 너 이리 나와 봐."

    기가 막힌 코끼리는 물 속에 담갔던 거대한

몸을 불쑥 솟구치며 개미에게 다가와서 물었
다.

"왜?"

개미는 물 밖으로 나온 코끼리의 위아래를
훑어보더니, 목소리를 낮추면서 말했다.

"됐어, 들어가 봐!"

코끼리는 너무나 어처구니가 없었다. 그러
나 체면도 있고 해서 조용히 개미에게 물었다.

"근데, 왜 나오라고 한 거냐?"

그러자 개미는 별일 아니라는 듯 자신에게
튀긴 물방울을 털며 말했다.
　　"어떤 놈이 내 수영복을 훔쳐갔잖아. 난 니
가 내 걸 입은 줄 알았지!"

# 디오게네스

알렉산더 대왕이 어느 날, 햇볕을 쬐며 젖은 옷을 말리고 있는 철학자 디오게네스(BC 400~323)에게 다가가서 자신을 소개하였다.

"내가 바로 위대한 알렉산더 대왕이니라!"

그러자 디오게네스가 정중한 어조로 이렇게 답례했다.

"제가 그 유명한 디오게네스입니다."

알렉산더 대왕이 물었다.

"무슨 이유로 사람들이 그대를 가리켜 개라

고 하는가?"

　디오게네스가 태연하게 대답했다.

　"저에게 무엇을 흔쾌히 던져 주는 사람은 다
정하게 핥고, 아무것도 주지 않는 사람을 향해
서 으르렁거리며, 저를 구박하는 사람은 물어
뜯기 때문입니다."

　알렉산더가 다시 물었다.

　"그대는 나를 두려워하는가?"

　그러자 디오게네스는 되물었다.

"폐하께서는 착하십니까, 냉혹하십니까?"

"물론 착하지."

"진정 그러하실진대, 누가 폐하를 두려워하리까?"

알렉산더는 한결 부드러워진 어조로 다시 말했다.

"원하는 것이 있다면 무엇이든 청하게. 어떠한 청이라도 들어 주겠네."

그러자 디오게네스가 담담하게 말했다.

"옆으로 조금 비켜 서 주시옵소서. 폐하께서 햇빛을 가리고 계십니다."

# 달팽이의 집념

토끼와 거북이가 달리기 시합을 했다. 그런데 어이없게도 토끼가 느림보 거북이에게 지고 말았다.

마침, 옆에 있던 달팽이가 잔뜩 골이 나서 씩씩거리고 있는 토끼에게 위로를 한답시고 한마디 했다.

"야, 너무 실망하지 마라. 진 것은 진 것이니까 당당하게 인정하는 게 좋아!"

그러자 토끼는 화가 머리끝까지 나서 달팽

이를 발로 냅다 걷어차 버렸다.

　그로부터 한 달 뒤, 바람이 쌩쌩 부는 어느 날 토끼네 집에 누군가 찾아왔다.

　문을 연 토끼는 깜짝 놀라지 않을 수 없었다. 한 달 전에 자신이 발로 찼던 그 달팽이가 문 앞에 서 있었기 때문이다.

　달팽이가 토끼를 노려보면서 말했다.

　"야, 니가 1년 전에 나를 발로 찼냐?"

# 포테이토칩

1853년 어느 날, 미국 뉴욕의 한 레스토랑에서 요리사로 일하던 조지 크럼은 잔뜩 화가 나 있었다.

그 이유는 어떤 까다로운 손님의 요구 때문이었다.

"이 감자 튀김은 너무 두꺼워 못 먹겠어요. 다시 만들어 주세요."

도톰하게 만든 것도 감자의 맛을 느끼게 해 주려는 배려였고, 누가 봐도 못 먹을 만큼 두

 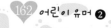

껍지는 않았다.

　다들 아무 말 없이 잘 먹는데 기어이 다시 해 달라는 주문에 조지는 그 손님을 골탕먹이고 싶은 생각이 들었다.

　'어디 맛 좀 보시지! 내가 뉴욕의 그 어떤 요리사보다도 칼질을 더 잘 한다는 걸 보여 주고 말겠어!'

　조지는 그 손님이 먹기 힘들도록 감자를 매우 얇게 잘라서 기름에 튀겨냈다.

그런데 그 손님은 매우 얇게 썬 감자 튀김을
보자마자,

　"와, 정말 맛있는데!"

하며 순식간에 한 접시를 다 먹어 치우는 것이
아닌가!

　혀에서 녹는 듯한 부드러운 감자 튀김은 곧
뉴욕 시의 화제로 떠올랐고, 오늘날의 포테이
토칩이 되었다.

　시행착오(試行錯誤)가 명품을 만든 것이다.

# 낙타의 고백

 아라비아의 뜨거운 사막 위를 한 상인이 낙타의 등에 짐을 잔뜩 실은 채 낙타를 끌고 있었다.

 빈 몸으로 걷는 상인조차 숨쉬기 힘든 열사(熱沙) 위에서 낙타인들 발걸음이 잘 떨어질 리가 없었다.

 헉헉 가쁜 숨을 내쉬며 힘들게 걷는 낙타의 콧등을 쓰다듬으며 안쓰러운 듯 상인이 낙타에게 말했다.

"낙타야, 오르막이 힘드냐? 아니면 내리막
이 힘드냐?"
　그러자 낙타가 주인의 질문이 한심하다는
듯이 머리를 치켜들고는 말했다.
　"주인님, 오르막 내리막이 문제가 아닙니다.
내 등에 무거운 짐이 있나 없나가 문제입니
다."

# 토끼와 호랑이

열흘 동안이나 굶은 호랑이가 있었다. 호랑이는 먹이를 찾아다니다가 드디어 어설프게 쭈그리고 앉아 있는 토끼를 발견하고 한발에 낚아챘다.

그러자 토끼가 이렇게 말하는 게 아닌가!

"이거 놔, 인마!"

순간, 어안이벙벙해진 호랑이는 얼떨결에 토끼를 놓아 주었다. 상상도 못할 말에 호랑이는 심한 충격을 받았던 것이다.

다음 날, 아직 충격에서 깨어나지 못한 채 숲 속을 이리저리 방황하던 호랑이가 다시 토끼를 발견하고 이번에도 한발에 낚아챘다.

　그러자 토끼 말했다.

　"나야, 인마!"

　또다시 엄청난 충격에 휩싸인 호랑이는 토끼를 얼른 놓아 주었다. 그리고 차츰 자신의 어리석음을 깨닫고는 속으로 다짐했다.

　"이번에 잡으면 한입에 삼켜 버려야지!"

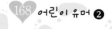

다음 날, 호랑이는 또 토끼를 잡았다. 그런
데 이번엔 그 토끼가 아니었다. 하지만 호랑이
는 그 토끼가 한 말에 그만 쇼크를 받아 죽고
말았다.
　그 토끼가 이렇게 말했던 것이다.
　"소문 다 났어, 인마!"

1. 가기 싫다고 해도 가야 하는 것은?

2. 가만히 있는데 잘 돌아간다고 하는 것은?

3. 가장 권투를 잘 하는 나라는?

4. 가장 멋없는 춤은?

5. 가장 싼 사냥 도구는?

6. 가장 어렵게 지은 절은?

7. 갓 태어난 병아리가 찾는
   약은?

8. 개구리는 개골개골 우
   는데 청개구리는 어떻

게 울까요?

9. 거꾸로 서 있는 나무는?

10. 겉은 보름달이고 속은 반달인 것은?

11. 겨울에 많이 쓰는 끈은?

12. 겨울이면 찾게 되는 복은?

13. 계집이 아들을 안은 한자는?

14. 고개를 흔들면서 먹는 떡은?

15. 고래가 몇 마리 있어야 시끄러울가?

16. 과거가 있기 때문에 성공한 사람은?

17. 국민들이 가장 거만한 나라는?

답

1. 시간  2. 머리  3. 칠레  4. 엉거주춤  5. 파리채  6.
우여곡절  7. 삐약  8. 골개골개  9. 물구나무  10. 귤
11. 따끈따끈  12. 내복  13. 좋을 好(호)  14. 끄떡끄떡
15. 두 마리(고래고래)  16. 암행 어사  17. 오만

## 유머와 찰떡 궁합
# 수수께끼

1. ‘그 때 그 사람’ 을 2자로 줄이면?

2. 금융 위기 시대에 폭풍우보다 더 무서운 비는?

3. 기둥 없는 다리는?

4. 길거리에서 빨간 옷을 입고 종이 밥만 먹는 것
   은?

5. 길쭉한 얼굴에 여기저기 여드름 난 것은?

6. ‘깨끗한 거리에서 빗자루를
   들고 서 있는 여자’ 를
   6자로 표현하면?

7. 깨뜨리고 칭찬

받는 사람은?

8. 꼬리는 꼬리인데 잡고 늘어지면 사람들이 기분 나빠하는 것은?

9. 나무 기둥 속에 검은 마음을 갖고 있는 것은?

10. 나무에 매달린 아들 모양의 한자는?

11. 나의 울음으로 시작해서 남의 울음으로 끝나는 것은?

12. 날마다 서로 머리를 부딪쳐야 굶어죽지 않는 형제는?

13. 낮에는 할 수 있고, 밤에는 할 수 없는 것은?

 답

1. 아! 개.  2. 낭비  3. 안경 다리  4. 우체통  5. 오이
6. 쓸데없는 여자  7. 신기록 갱신자  8. 말꼬리  9. 연필
10. 오얏 리(李)  11. 인생  12. 이빨  13. 낮잠

# 유머와 찰떡 궁합 수수께끼

1. 노총각이 좋아하는 시는?

2. '눈과 구름을 자르는 칼' 을 세 글자로 말하면?

3. 다리도 없고 발도 없는데 잘만 뛰는 것은?

4. 달걀 파는 사람이 거지가 되면?

5. '당신은 시골에 삽니다' 를 3자로 줄이면?

6. 대가리는 작고 몸뚱이는 커다란 글자는?

7. 대령이 좋아하는 노래는?

8. 대부분의 여자가

   평생에 한두 번

   쯤은 신어 보

는 신은 무엇일까?

9. 돈을 벌기 위해 열심히 져야 하는 사람은?

10. 돼지가 열 받으면 어떻게 될까?

11. 드라큘라가 제일 싫어하는 사람은?

12. 딱딱한 돌집 속에 살면서 말랑한 몸뚱이 하나만 가진 것은?

13. 딱딱한 집 속에 하양이, 하양이 속에 노랑이가 있는 것은?

14. 똥의 성은?

15. 뜨거운 물만 먹고 사는 것은?

1. 로또 복권 당첨 확률을 2배 올리는 방법은?

2. 막대기 위에 흰 구름, 분홍 구름 앉아 있는 것
   은?

3. 만두 장수가 제일 듣기 싫어하는 소리는?

4. 많이 맞고 왔는데도 엄마가 좋아하는 것은?

5. 말없이 가르치기만 하는 선생님은?

6. 머리는 머리인데
   끈질기게 달라붙
   어서 남을 괴롭히
   는 머리는?

7. 먹기 전에는 1개인데, 먹고 나면 2개인 것은?

8. 먹기는 먹는데 입으로 먹지 않고 귀로 먹는 것은?

9. 모든 일은 밑에서부터 시작하는데, 반대로 위에서부터 시작하는 것은?

10. 모든 장사꾼들이 싫어하는 경기는?

11. 목욕탕에 가면 두고 나오는 것은?

12. 몸에 수천 개의 가시가 박혔는데도 아픔을 못 느끼는 것은?

**답**
1. 두 장 산다.  2. 솜사탕  3. 속 터진다  4. 시험 점수
5. 책  6. 찰거머리  7. 나무젓가락  8. 욕  9. 우물파기
10. 불경기  11. 때  12. 고슴도치

유머와 찰떡 궁합
수수께끼

1. 못생긴 여자를 무지무지하게 좋아하는 남자는
   누구일까?

2. 문제가 없으면 '나도 없다' 고 하는 것은?

3. 물에 빠지면 반드시 만나게 되는 적은?

4. 물은 물인데 먹으면 패가망신하는 물은?

5. 물은 물인데 절대로 마시면 안 되
   는 물은?

6. 물은 물인데, 힘없는
   물은?

7. 미국 대통령 중 늘 바

지가 흘러내렸던 사람은?

8. 발버둥치는 사람들이 많이 모인 곳은?

9. 발은 발인데 머리에 올려놓는 것은?

10. 밤낮 고개 숙이고 눈물 줄줄 흘리는 것은?

11. 밥만 먹고 나면 항상 목욕하는 것은?

12. 배 위에 올려놓아도 뜨겁지 않은 불은?

13. 법적으로 바가지요금을 받아도 되는 장사?

14. 변호사·검사·판사 가운데서 누가 제일 큰

모자를 쓸까?

답

1. 성형 외과 의사  2. 답  3. 허우적  4. 뇌물  5. 오물
6. 흐물흐물  7. 루스벨트(loose belt;느슨한 허리띠)  8.
수영장  9. 가발  10. 수도 꼭지  11. 그릇  12. 이불  13.
바가지 장수  14. 머리 큰 사람

## 유머와 찰떡 궁합 수수께끼

1. 복은 복인데, 환자들이 가장 받고 싶어하는 복은?

2. 복은 복인데 실패한 사람들이 꼭 받고 싶어하는 복은?

3. 부자 되기 틀린 집은?

4. 사람들이 가장 부러워하는 벌은?

5. 사람에게 올 때는 언제나 사이렌을 불면서 찾아오는 것은?

6. 사람의 이 중에서 가장 나중에 생기는 이는?

7. 사람이 옥에 갇혀 있는 한자는?

8. '산에서 야~ 하고 소리 지른 여자'를 네 글자
로 표현하면?

9. 산은 산인데 미역 장수가 제일 좋아하는 산
은?

10. 산은 있어도 나무가 없고 강은 있어도 물이
없는 것은?

11. 산타 할아버지가 제일 증오하는 커피 이름
은?

 답

1. 회복 2. 전화위복(轉禍爲福) 3. 딸만 있는 집 4. 재벌 5. 모기 6. 틀니 7. 갇힐 囚(수) 8. 야한 여자 9. 출산 10. 지도 11. 산타페

# 유머와 찰떡 궁합
## 수수께끼

1. 살아서는 받지 못하고, 죽어야 받을 수 있는 돈은?

2. 살은 살인데 나를 괴롭히는 살은?

3. 새 발의 피 때문에 운명이 바뀐 두 사람은?

4. 새까만 숲에 곧은 오솔길이 하나 있는 것은?

5. 색은 색인데 기분에 따라 변하는 색은?

6. 설은 설인데 모두가 싫어하는 설은?

7. 세계에서 가장 게으른 게

으름뱅이가 어느 날 죽었다. 이유는?

8. 세계에서 데모를 가장 많이 하는 나라는?

9. 세상에서 가장 빨리 자는 사람은?

10. 세상에서 가장 잘 깨지는 유리창은?

11. 세상에서 가장 큰 등불은?

12. 세상에서 가장 큰 북은?

13. 세상에서 사람이 제일 많이 죽는 곳은 어디?

14. 소가 동쪽으로 머리를 돌리고 있으면 꼬리는
    어느 쪽일까?

**답** 1. 조의금  2. 몸살  3. 흥부와 놀부  4. 가르마  5. 안색
6. 구설, 욕설  7. 숨쉬기 귀찮아서  8. 우간다  9. 이미자
10. 와장창  11. 달  12. 동서 남북  13. 침대 위  14. 아
래쪽

## 유머와 찰떡궁합 수수께끼

1. 손님이 깎아 달라는 대로 다 깎아 주는 사람은?

2. 숲 속에서 모자 쓰고 옹기종기 서 있는 것은?

3. 시력이 좋은 사람도 눈 뜨고는 못 보는 것은?

4. '실오라기 하나 안 걸친 남자 그림'을 넉 자로 줄이면?

5. 실은 실인데 춤을 추면서 뽑아내야 잘 뽑아지는 실은?

6. 실패하면 살고 성공

하면 죽는 것은?

7. 심부름으로 사왔더니 엄마가 그냥 깨 버리는 것은 무엇일까?

8. 십 리 길 한가운데에서 만나는 동물은?

9. 아몬드가 죽은 것은?

10. 아무리 빨리 달려도 앞서가지 못하는 것은?

11. 아무리 예뻐도 미녀라고 못 불리는 사람은?

12. 아무리 재주가 좋은 사람이라도 낮이 아니면 할 수 없는 것은?

13. 아버지의 아버지의 사돈의 외동딸은?

**답**

1. 이발사  2. 버섯  3. 꿈  4. 전라 남도  5. 덩실덩실
6. 자살  7. 달걀  8. 오리  9. 다이아몬드  10. 자동차 뒷바퀴  11. 미남  12. 낮잠  13. 어머니

## 유머와 찰떡 궁합 수수께끼

1. 아주 오래 전에 건설된 옛날 다리를 무엇이라 부르는가?

2. 앞을 못 보는 사람을 시각 장애인이라고 하는데, 그럼 뒤를 못 보는 사람은 뭐라고 하는가?

3. 야구 선수가 수비하다가 잃어버린 책은?

4. 약은 약인데 아껴 먹어야 하는 약은?

5. 양식을 먹으면서 함께 부르는 노래는?

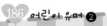

6. 어른은 못 타는데도, 어른이 있어야만 움직이는 차는?

7. 얼굴은 예쁜데 속이 텅 빈 여자는?

8. 얼굴이 못생긴 여자가 가장 좋아하는 말은?

9. 엄마들이 싫어하는 금은?

10. 여름을 가장 시원하게 보내는 사람은?

11. 여자 없이는 못 사는 사람은?

12. 의사와 엿장수가 좋아하는 사람은?

13. 인삼은 6년 근일 때 캐는 것이 좋다. 산삼은 언제 캐는 것이 제일 좋은가?

 **답**

1. 구닥다리  2. 변비 환자  3. 실책  4. 절약  5. 포크송
6. 유모차  7. 마네킹  8. 마음이 고와야 여자지.  9. 세금
10. 바람난 사람  11. 산부인과 의사  12. 병든 사람  13. 보는 즉시

1. 1, 2, 3위보다 4위를 더 좋아하는 사람은?

2. 일단은 외울 필요가 없는 것은?

3. 입 속에 입이 있는 한자는?

4. 입을 천 개나 가진 한자는?

5. 재벌의 2세가 되는 방
   법은?

6. 차도가 없는 나라는?

7. 차마 눈뜨고는 볼 수
   없는 여자는?

8. 참기름이랑 간장이랑 싸

웠는데 간장이 교도소에 갔다. 그 이유는?

9. 책은 책인데, 도저히 읽을 수 없는 책은?

10. 초록이 안에 하양이, 하양이 안에 빨강이, 빨강이 안에 주근깨는?

11. 친구들과 술집에 가서, 술값 안 내려고 추는 춤은?

12. 타야 보이는 것은?

13. 태어나자마자 잘리는 것은?

14. 터지면 터질수록 좋은 것은?

답

1. 장모  2. 구구단  3. 돌아올 회(回) 자  4. 혀 설(舌) 자
5. 아버지를 재벌로 만든다.  6. 인도  7. 꿈속의 여자  8.
참기름이 고소해서  9. 속수무책  10. 수박  11. 주춤주춤
12. 연기  13. 김밥  14. 복

189

# 유머와 찰떡 궁합
# 수수께끼

1. 파란 집 안에 하얀 집, 하얀 집 안에 빨간 집,

   빨간 집 안에 시꺼먼 것이 우글거리는 것은?

2. 풀리면 풀릴수록 좋은 것은?

3. 피를 뽑아야 더 잘 자라는 것은?

4. 하나님의 실수로 창조된 산은?

5. 하늘에 있는 국자는?

6. 하루 종일 두 팔로 세수

   만 하는 것은?

7. 하루에 천 리를 갔다

   와도 지치지 않는

여행은?

8. 항상 제자리에 있지만, 간다고 하는 것은?

9. 해를 보면서 펑펑 우는 것은?

10. 화장실에 들어가서 제일 먼저 하는 일은?

11. 형과 동생이 빙빙 돌면서 경주하는데, 늘 형
    이 이기는 것은?

12. 화재나 구급 신고는 119, 범죄 신고는 112…!
    그럼, 심심할 때는?

13. 화장실에서 날아다니는 새는?

14. 흑인들은 검정색을 무슨 색이라고 할까?

답

1. 수박  2. 피로  3. 벼  4. 아차산  5. 북두 칠성  6. 시
계  7. 꿈속의 여행  8. 시계  9. 얼음  10. 문을 잠근다
11. 시계  12. 369  13. 냄새  14. 살색

철학과 해학이 있는 이야기 책!

# 어린이 유머 ❷

엮은이/우옹 선생님
펴낸이/이흥식
발행처/도서출판 지식서관
등록/1990.11.21 제96호
경기도 고양시 덕양구 벽제동 564-4
전화/031)969-9311(대)
팩시밀리/031)969-9313
e-mail / jisiksa@hanmail.net

초판 1쇄 발행일/2012년 12월 5일